GEORG BÜCHNER

LENZ

Lenz

Den 20. ging Lenz durch's Gebirg. Die Gipfel und hohen Bergflächen im Schnee, die Täler hinunter graues Gestein, grüne Flächen, Felsen und Tannen. Es war naßkalt, das Wasser rieselte die Felsen hinunter und sprang über den Weg. Die Äste der Tannen hingen schwer herab in die feuchte Luft. Am Himmel zogen graue Wolken, aber Alles so dicht, und dann dampfte der Nebel herauf und strich schwer und feucht durch das Gesträuch, so träg, so plump. Er ging gleichgültig weiter, es lag ihm nicht's am Weg, bald auf- bald abwärts. Müdigkeit spürte er keine, nur war es ihm manchmal unangenehm, daß er nicht auf dem Kopf gehn konnte. Anfangs drängte es ihm in der Brust, wenn das Gestein so wegsprang, der graue Wald sich unter ihm schüttelte, und der Nebel die Formen bald verschlang, bald die gewaltigen Glieder halb enthüllte; es drängte in ihm, er suchte nach etwas, wie nach verlornen Träumen, aber er fand nichts. Es war ihm alles so klein, so nahe, so naß, er hätte die Erde hinter den Ofen setzen mögen, er begriff nicht, daß er so viel Zeit brauchte, um einen Abhang hinunter zu klimmen, einen fernen Punkt zu erreichen; er meinte, er müsse Alles mit ein Paar Schritten ausmessen können. Nur manchmal, wenn der Sturm das Gewölk in die Täler warf, und es den Wald herauf dampfte, und die Stimmen an den Felsen wach wurden, bald wie fern verhallende Donner, und dann gewaltig heran brausten, in Tönen, als wollten sie in ihrem wilden Jubel die Erde besingen, und die Wolken wie wilde wiehernde Rosse heransprengten, und der Sonnenschein dazwischen durchging und kam und sein blitzendes Schwert an den Schneeflächen zog, so daß ein helles, blendendes Licht über die Gipfel in die Täler schnitt; oder wenn der Sturm das Gewölk abwärts trieb und einen lichtblauen See hineinriß, und dann der Wind verhallte und tief unten aus den Schluchten, aus den Wipfeln der Tannen wie ein Wiegenlied und Glockengeläute heraufsummte, und amtiefen Blau ein leises Rot hinaufklomm, und kleine Wölkchen auf silbernen Flügeln durchzogen und alle Berggipfel scharf und fest, weit über das Land hin glänzten und blitzten, riß es ihm in der Brust, er stand, keuchend, den Leib vorwärts gebogen, Augen und Mund weit offen, er meinte, er müsse den Sturm in sich ziehen, Alles in sich fassen, er dehnte sich aus und lag über der Erde, er wühlte sich in das All hinein, es war eine Lust, die ihm wehe tat; oder er stand still und legte das Haupt in's Moos und schloß die Augen halb, und dann zog es weit von ihm, die Erde wich unter ihm, sie wurde klein wie ein wandelnder Stern und tauchte sich in einen brausenden Strom, der seine klare Flut unter ihm zog. Aber es waren nur Augenblicke, und dann erhob er sich nüchtern, fest, ruhig als wäre ein Schattenspiel vor ihm vorübergezogen, er wußte von nichts mehr. Gegen Abend kam er auf die Höhe des Gebirgs, auf das Schneefeld, von wo man wieder hinabstieg in die Ebene nach Westen, er setzte sich oben nieder. Es war gegen Abend ruhiger geworden; das Gewölk lag fest und unbeweglich am Himmel, so weit der Blick reichte, nichts als Gipfel, von denen sich breite Flächen hinabzogen, und alles so still, grau, dämmernd; es wurde ihm entsetzlich einsam, er war allein, ganz allein, er wollte mit sich sprechen, aber er konnte, er wagte kaum zu atmen, das Biegen seines Fußes tönte wie Donner unter ihm, er mußte sich niedersetzen; es faßte ihn eine namenlose Angst in diesem Nichts, er war im Leeren, er riß sich auf und flog den Abhang hinunter. Es war finster geworden, Himmel und Erde verschmolzen in Eins. Es war als ginge ihm was nach, und als müsse ihn was Entsetzliches erreichen, etwas das Menschen nicht ertragen können, als jage der Wahnsinn auf Rossen hinter ihm. Endlich hörte er Stimmen, er sah Lichter, es wurde ihm leichter, man sagte ihm, er hätte noch eine halbe Stunde nach *Waldbach*. Er ging durch das Dorf, die Lichter schienen durch die Fenster, er sah hinein im Vorbeigehen, Kinder am Tische, alte Weiber, Mädchen, Alles ruhige, stille Gesichter, es war ihm als müsse das Licht von ihnen ausstrahlen, es ward ihm leicht, er war bald in Waldbach im Pfarrhause. Man saß am Tische, er hinein; die blonden Locken hingen ihm um das bleiche Gesicht, es zuckte ihm in den Augen und um den Mund, seine Kleider waren zerrissen. *Oberlin* hieß ihn willkommen, er hielt ihn für einen Handwerker. »Sein Sie mir willkommen, obschon Sie mir unbekannt.« – Ich bin ein Freund von ... und bringe Ihnen Grüße von ihm. »Der Name, wenn's beliebt« ...*Lenz*. »Ha, ha, ha, ist er nicht gedruckt? Habe ich nicht einige Dramen gelesen, die einem Herrn dieses Namens zugeschrieben werden?« Ja, aber belieben Sie mich nicht darnach zu beurteilen. Man sprach weiter, er suchte nach Worten und erzählte rasch, aber auf der Folter; nach und nach wurde er ruhig, das heimliche Zimmer und die stillen Gesichter, die aus dem Schatten hervortraten, das helle Kindergesicht, auf dem alles Licht zu ruhen schien und das neugierig, vertraulich aufschaute, bis zur Mutter, die hinten im Schatten engelgleich stille saß. Er fing an zu erzählen, von seiner Heimat; er zeichnete allerhand Trachten, man drängte sich teilnehmend um ihn, er war gleich zu Haus, sein blasses Kindergesicht, das jetzt lächelte, sein lebendiges Erzählen; er wurde ruhig, es war ihm als träten alte Gestalten, vergessene Gesichter wieder aus dem Dunkeln, alte Lieder wachten auf, er war weg, weit weg. Endlich war es Zeit zum Gehen, man führte ihn über die Straße, das Pfarrhaus war zu eng, man gab ihm ein Zimmer im Schulhause. Er ging hinauf, es war kalt oben, eine weite Stube, leer, ein hohes Bett im Hintergrund, er stellte das Licht auf den Tisch, und ging auf und ab, er besann sich wieder auf den Tag, wie er hergekommen, wo er war, das Zimmer im Pfarrhause mit seinen Lichtern und lieben Gesichtern, es war ihm wie ein Schatten, ein Traum, und es wurde ihm leer, wieder wie auf dem Berg, aber er konnte es mit nichts mehr ausfüllen, das Licht war erloschen, die Finsternis verschlang Alles; eine unnennbare Angst erfaßte ihn, er sprang auf, er lief durchs Zimmer, die Treppe hinunter, vor's Haus; aber umsonst, Alles finster, nichts, er war sich selbst ein Traum, einzelne Gedankenhuschten auf, er hielt sie fest, es war ihm als müsse er immer »Vater unser« sagen; er konnte sich nicht mehr finden, ein dunkler Instinkt trieb ihn, sich zu retten, er stieß an die Steine, er riß sich mit den Nägeln, der Schmerz fing an, ihm das Bewußtsein wiederzugeben, er stürzte sich in den Brunnstein, aber das Wasser war nicht tief, er patschte darin. Da kamen Leute, man hatte es gehört, man rief ihm zu. Oberlin kam gelaufen; Lenz war wieder zu sich gekommen, das ganze Bewußtsein seiner Lage, es war ihm wieder leicht, jetzt schämte er sich und war betrübt, daß er den guten Leuten Angst gemacht, er sagte ihnen, daß er gewohnt sei kalt zu baden, und ging wieder hinauf; die Erschöpfung ließ ihn endlich ruhen.

Den andern Tag ging es gut. Mit Oberlin zu Pferde durch das Tal; breite Bergflächen, die aus großer Höhe sich in ein schmales, gewundnes Tal zusammenzogen, das in mannichfachen Richtungen sich hoch an den Bergen hinaufzog, große Felsenmassen, die sich nach unten ausbreiteten, wenig Wald, aber alles im grauen ernsten Anflug, eine Aussicht nach Westen in das Land hinein und auf die Bergkette, die sich grad hinunter nach Süden und Norden zog, und deren Gipfel gewaltig, ernsthaft oder schweigend still, wie ein dämmernder Traum standen. Gewaltige Lichtmassen, die manchmal aus den Tälern, wie ein goldner Strom schwollen, dann wieder Gewölk, das an dem höchsten Gipfel lag, und dann langsam den Wald herab in das Tal klomm, oder in den Sonnenblitzen sich wie ein fliegendes silbernes Gespenst herabsenkte und hob; kein Lärm, keine Bewegung, kein Vogel, nichts als das bald nahe, bald ferne Wehn des Windes. Auch erschienen Punkte, Gerippe von Hütten, Bretter mit Stroh gedeckt, von schwarzer ernster Farbe. Die Leute, schweigend und ernst, als wagten sie die Ruhe ihres Tales nicht zu stören, grüßten ruhig, wie sie vorbeiritten. In den Hütten war es lebendig, man drängte sich um Oberlin, er wies zurecht, gab Rat, tröstete; überall zutrauensvolle Blicke, Gebet. Die Leute erzählten Träume, Ahnungen. Dann rasch in's praktische Leben, Wege angelegt, Kanäle gegraben, die Schule besucht. Oberlin war unermüdlich, Lenz fortwährend sein Begleiter, bald in Gespräch, bald tätig am Geschäft, bald in die Natur versunken. Es wirkte alles wohltätig und beruhigend auf ihn, er mußte Oberlin oft in die Augen sehen, und die mächtige Ruhe, die uns über der ruhenden Natur, im tiefen Wald, in mondhellen schmelzenden Sommernächten überfällt, schien ihm noch näher, in diesem ruhigen Auge, diesem ehrwürdigen ernsten Gesicht. Er war schüchtern, aber er machte Bemerkungen, er sprach, Oberlin war sein Gespräch sehr angenehm, und das anmutige Kindergesicht Lenzens machte ihm große Freude. Aber nur so lange das Licht im Tale lag, war es ihm erträglich; gegen Abend befiel ihn eine sonderbare Angst, er hätte der Sonne nachlaufen mögen; wie die Gegenstände nach und nach schattiger wurden, kam ihm Alles so traumartig, so zuwider vor, es kam ihm die Angst an wie Kindern, die im Dunkeln schlafen; es war ihm als sei er blind; jetzt wuchs sie, der Alp des Wahnsinns setzte sich zu seinen Füßen, der rettungslose Gedanke, als sei Alles nur sein Traum, öffnete sich vor ihm, er klammerte sich an alle Gegenstände, Gestalten zogen rasch an ihm vorbei, er drängte sich an sie, es waren Schatten, das Leben wich aus ihm und seine Glieder waren ganz starr. Er sprach, er sang, er rezitierte Stellen aus Shakespeare, er griff nach Allem, was sein Blut sonst hatte rascher fließen machen, er versuchte Alles, aber kalt, kalt. Er mußte dann hinaus ins Freie, das wenige, durch die Nacht zerstreute Licht, wenn seine Augen an die Dunkelheit gewöhnt waren, machte ihm besser, er stürzte sich in den Brunnen, die grelle Wirkung des Wassers machte ihm besser, auch hatte er eine geheime Hoffnung auf eine Krankheit, er verrichtete sein Bad jetzt mit weniger Geräusch. Doch jemehr er sich in das Leben hineinlebte, ward er ruhiger, er unterstützte Oberlin, zeichnete, las die Bibel; alte vergangne Hoffnungen gingen in ihm auf; das neue Testament trat ihm hier so entgegen, und eines Morgens ging er hinaus. Wie Oberlin ihm erzählte, wie ihn eine un[sichtbare] Hand auf der Brücke gehalten hätte, wie auf der Höhe ein Glanz seine Augen geblendet hätte, wie er eine Stimme gehört hätte, wie es in der Nacht mit ihm gesprochen, und wie Gott so ganz bei ihm eingekehrt, daß er kindlich seine Lose aus der Tasche holte, um zu wissen, was er tun sollte, dieser Glaube, dieser ewige Himmel im Leben, dies Sein in Gott; jetzt erst ging ihm die heilige Schrift auf. Wie den Leuten die Natur so nah trat, alles in himmlischen Mysterien; aber nicht gewaltsam majestätisch, sondern noch vertraut! – Er ging des Morgens hinaus, die Nacht war Schnee gefallen, im Tal lag heller Sonnenschein, aber weiterhin die Landschaft halb im Nebel. Er kam bald vom Weg ab, und eine sanfte Höhe hinauf, keine Spur von Fußtritten mehr, neben einem Tannenwald hin, die Sonne schnitt Krystalle, der Schnee war leicht und flockig, hie und da Spur von Wild leicht auf dem Schnee, die sich ins Gebirg hinzog. Keine Regung in der Luft als ein leises Wehen, als das Rauschen eines Vogels, der die Flocken leicht vom Schwanze stäubte. Alles so still, und die Bäume weithin mit schwankenden weißen Federn in der tiefblauen Luft. Es wurde ihm heimlich nach und nach, die einförmigen gewaltigen Flächen und Linien, vor denen es ihm manchmal war, als ob sie ihn mit gewaltigen Tönen anredete[n], waren verhüllt, ein heimliches Weihnachtsgefühl beschlich ihn, er meinte manchmal seine Mutter müsse hinter einem Baume hervortreten, groß, und ihm sagen, sie hätte ihm dies Alles beschert; wie er hinunterging, sah er, daß um seinen Schatten sich ein Regenbogen von Strahlen legte, es wurde ihm, als hätte ihn was an der Stirn berührt, das Wesen sprach ihn an. Er kam hinunter. Oberlin war im Zimmer, Lenz kam heiter auf ihn zu, und sagte ihm, er möge wohl einmal predigen. »Sind Sie Theologe?« Ja! – »Gut, nächsten Sonntag.«

Lenz ging vergnügt auf sein Zimmer, er dachte auf einen Text zum Predigen und verfiel in Sinnen, und seine Nächte wurden ruhig. Der Sonntagmorgen kam, es war

Tauwetter eingefallen. Vorüberstreifende Wolken, Blau dazwischen, die Kirche lag neben am Berg hinauf, auf einem Vorsprung, der Kirchhof drum herum. Lenz stand oben, wie die Glocke läutete und die Kirchengänger, die Weiber und Mädchen in ihrer ernsten schwarzen Tracht, das weiße gefaltete Schnupftuch auf dem Gesangbuche und den Rosmarinzweig von den verschiedenen Seiten die schmalen Pfade zwischen den Felsen herauf und herab kamen. Ein Sonnenblick lag manchmal über dem Tal, die laue Luft regte sich langsam, die Landschaft schwamm im Duft, fernes Geläute, es war als löste sich alles in eine harmonische Welle auf.

Auf dem kleinen Kirchhof war der Schnee weg, dunkles Moos unter den schwarzen Kreuzen, ein verspäteter Rosenstrauch lehnte an der Kirchhofmauer, verspätete Blumen dazu unter dem Moos hervor, manchmal Sonne, dann wieder dunkel. Die Kirche fing an, die Menschenstimmen begegneten sich im reinen hellen Klang; ein Eindruck, als schaue man in reines durchsichtiges Bergwasser. Der Gesang verhallte, Lenz sprach, er war schüchtern, unter den Tönen hatte sein Starrkrampf sich ganz gelegt, sein ganzer Schmerz wachte jetzt auf, und legte sich in sein Herz. Ein süßes Gefühl unendlichen Wohls beschlich ihn. Er sprach einfach mit den Leuten, sie litten alle mit ihm, und es war ihm ein Trost, wenn er über einige müdgeweinte Augen Schlaf, und gequälten Herzen Ruhe bringen, wenn er über dieses von materiellen Bedürfnissen gequälte Sein, diese dumpfen Leiden gen Himmel leiten konnte. Er war fester geworden, wie er schloß, da fingen die Stimmen wieder an:

Laß in mir die heil'gen Schmerzen,
Tiefe Bronnen ganz aufbrechen;
Leiden sei all' mein Gewinst,
Leiden sei mein Gottesdienst.

Das Drängen in ihm, die Musik, der Schmerz, erschütterte ihn. Das All war für ihn in Wunden; er fühlte tiefen unnennbaren Schmerz davon. Jetzt, ein anderes Sein, göttliche, zuckende Lippen bückten sich über ihm [nieder], und sogen sich an seine Lippen; er ging auf sein einsames Zimmer. Er war allein, allein! Da rauschte die Quelle, Ströme brachen aus seinen Augen, er krümmte sich in sich, es zuckten seine Glieder, es war ihm als müsse er sich auflösen, er konnte kein Ende finden der Wollust; endlich dämmerte es in ihm, er empfand ein leises tiefes Mitleid in sich selbst, er weinte über sich, sein Haupt sank auf die Brust, er schlief ein, der Vollmond stand am Himmel, die Locken fielen ihm über die Schläfe und das Gesicht, die Tränen hingen ihm an den Wimpern und trockneten auf den Wangen, so lag er nun da allein, und Alles war ruhig und still und kalt, und der Mond schien die ganze Nacht und stand über den Bergen.

Am folgenden Morgen kam er herunter, er erzählte Oberlin ganz ruhig, wie ihm die Nacht seine Mutter erschienen sei; sie sei in einem weißen Kleide aus der dunkeln Kirchhofmauer hervorgetreten, und habe eine weiße und eine rote Rose an der Brust stecken gehabt; sie sei dann in eine Ecke gesunken, und die Rosen seien langsam über sie gewachsen, sie sei gewiß tot; er sei ganz ruhig darüber. Oberlin versetzte ihm nun, wie er bei dem Tod seines Vaters allein auf dem Felde gewesen sei, und er dann eine Stimme gehört habe, so daß er wußte, daß sein Vater tot sei, und wie er heimgekommen, sei es so gewesen. Das führte sie weiter, Oberlin sprach noch von den Leuten im Gebirge, von Mädchen, die das Wasser und Metall unter der Erde fühlten, von Männern, die auf manchen Berghöhen angefaßt würden und mit einem Geiste rängen; er sagte ihm auch, wie er einmal im Gebirg durch das Schauen in ein leeres tiefes Bergwasser in eine Art von Somnambulismus versetzt worden sei. Lenz sagte, daß der Geist des Wassers über ihn gekommen sei, daß er dann etwas von seinem eigentümlichen Sein empfunden hätte. Er fuhr weiter fort: Die einfachste, reinste Natur hinge am nächsten mit der elementarischen zusammen, je feiner der

Mensch geistig fühlt und lebt, um so abgestumpfter würde dieser elementarische Sinn; er halte ihn nicht für einen hohen Zustand, er sei nicht selbstständig genug, aber er meine, es müsse ein unendliches Wonnegefühl sein, so von dem eigentümlichen Leben jeder Form berührt zu werden; für Gesteine, Metalle, Wasser und Pflanzen eine Seele zu haben; so traumartig jedes Wesen in der Natur in sich aufzunehmen, wie die Blumen mit dem Zu- und Abnehmen des Mondes die Luft.

Er sprach sich selbst weiter aus, wie in Allem eine unaussprechliche Harmonie, ein Ton, eine Seligkeit sei, die in den höhern Formen mit mehr Organen aus sich herausgriffe, tönte, auffaßte und dafür aber auch um so tiefer affiziert würde, wie in den niedrigen Formen Alles zurückgedrängter, beschränkter, dafür aber auch die Ruhe in sich größer sei. Er verfolgte das noch weiter. Oberlin brach es ab, es führte ihn zu weit von seiner einfachen Art ab. Ein andermal zeigte ihm Oberlin Farbentäfelchen, er setzte ihm auseinander, in welcher Beziehung jede Farbe mit dem Menschen stände, er brachte zwölf Apostel heraus, deren jeder durch eine Farbe repräsentiert würde. Lenz faßte das auf, er spann die Sache weiter, kam in ängstliche Träume, und fing an wie Stilling die Apokalypse zu lesen, und las viel in der Bibel.

Um diese Zeit kam *Kaufmann* mit seiner Braut in's Steintal. Lenzen war Anfangs das Zusammentreffen unangenehm, er hatte sich so ein Plätzchen zurechtgemacht, das bißchen Ruhe war ihm so kostbar und jetzt kam ihm Jemand entgegen, der ihn an so vieles erinnerte, mit dem er sprechen, reden mußte, der seine Verhältnisse kannte. Oberlin wußte von Allem nichts; er hatte ihn aufgenommen, gepflegt; er sah es als eine Schickung Gottes, der den Unglücklichen ihm zugesandt hätte, er liebte ihn herzlich. Auch war es Alles notwendig, daß er da war, er gehörte zu ihnen, als wäre er schon längst da, und Niemand frug, woher er gekommen und wohin er gehen werde. Über Tisch war Lenz wieder in guter Stimmung, man sprach von Literatur, er war auf seinem Gebiete; die idealistische Periode fing damals an, Kaufmann war ein Anhänger davon, Lenz widersprach heftig. Er sagte: Die Dichter, von denen man sage, sie geben die Wirklichkeit, hätten auch keine Ahnung davon, doch seien sie immer noch erträglicher, als die, welche die Wirklichkeit verklären wollten. Er sagte: Der liebe Gott hat die Welt wohl gemacht wie sie sein soll, und wir können wohl nicht was Besseres klecksen, unser einziges Bestreben soll sein, ihm ein wenig nachzuschaffen. Ich verlange in allem Leben, Möglichkeit des Daseins, und dann ist's gut; wir haben dann nicht zu fragen, ob es schön, ob es häßlich ist, das Gefühl, daß Was geschaffen sei, Leben habe, stehe über diesen Beiden, und sei das einzige Kriterium in Kunstsachen. Übrigens begegne es uns nur selten, in Shakespeare finden wir es und in den Volksliedern tönt es einem ganz, in Göthe manchmal entgegen. Alles Übrige kann man ins Feuer werfen. Die Leute können auch keinen Hundsstall zeichnen. Da wolle man idealistische Gestalten, aber Alles, was ich davon gesehen, sind Holzpuppen. Dieser Idealismus ist die schmählichste Verachtung der menschlichen Natur. Man versuche es einmal und senke sich in das Leben des Geringsten und gebe es wieder, in den Zuckungen, den Andeutungen, dem ganzen feinen, kaum bemerkten Mienenspiel; er hätte dergleichen versucht im »Hofmeister« und den »Soldaten«. Es sind die prosaischsten Menschen unter der Sonne; aber die Gefühlsader ist in fast allen Menschen gleich, nur ist die Hülle mehr oder weniger dicht, durch die sie brechen muß. Man muß nur Aug und Ohren dafür haben. Wie ich gestern neben am Tal hinaufging, sah ich auf einem Steine zwei Mädchen sitzen, die eine band ihre Haare auf, die andre half ihr; und das goldne Haar hing herab, und ein ernstes bleiches Gesicht, und doch so jung, und die schwarze Tracht und die andre so sorgsam bemüht. Die schönsten, innigsten Bilder der altdeutschen Schule geben kaum eine Ahnung davon. Man möchte manchmal ein Medusenhaupt sein, um so eine Gruppe in Stein verwandeln zu können, und den Leuten zurufen. Sie standen auf, die schöne Gruppe war zerstört; aber wie sie so hinabstiegen, zwischen den Felsen war es wieder ein anderes Bild. Die schönsten

Bilder, die schwellendsten Töne, gruppieren, lösen sich auf. Nur eins bleibt, eine unendliche Schönheit, die aus einer Form in die andre tritt, ewig aufgeblättert, verändert, man kann sie aber freilich nicht immer festhalten und in Museen stellen und auf Noten ziehen und dann Alt und Jung herbeirufen, und die Buben und Alten darüber radotieren und sich entzücken lassen. Man muß die Menschheit lieben, um in das eigentümliche Wesen jedes einzudringen, es darf einem keiner zu gering, keiner zu häßlich sein, erst dann kann man sie verstehen; das unbedeutendste Gesicht macht einen tiefern Eindruck als die bloße Empfindung des Schönen, und man kann die Gestalten aus sich heraustreten lassen, ohne etwas vom Äußern hinein zu kopieren, wo einem kein Leben, keine Muskeln, kein Puls entgegen schwillt und pocht. Kaufmann warf ihm vor, daß er in der Wirklichkeit doch keine Typen für einen Apoll von Belvedere oder eine Raphaelische Madonna finden würde. Was liegt daran, versetzte er, ich muß gestehen, ich fühle mich dabei sehr tot, wenn ich in mir arbeite, kann ich auch wohl was dabei fühlen, aber ich tue das Beste daran. Der Dichter und Bildende ist mir der Liebste, der mir die Natur am Wirklichsten gibt, so daß ich über seinem Gebild fühle, Alles Übrige stört mich. Die Holländischen Maler sind mir lieber, als die Italienischen, sie sind auch die einzigen faßlichen; ich kenne nur zwei Bilder, und zwar von Niederländern, die mir einen Eindruck gemacht hätten, wie das neue Testament; das Eine ist, ich weiß nicht von wem, Christus und die Jünger von Emaus. Wenn man so liest, wie die Jünger hinausgingen, es liegt gleich die ganze Natur in den Paar Worten. Es ist ein trüber, dämmernder Abend, ein einförmiger roter Streifen am Horizont, halbfinster auf der Straße, da kommt ein Unbekannter zu ihnen, sie sprechen, er bricht das Brot, da erkennen sie ihn, in einfach-menschlicher Art, und die göttlich-leidenden Züge reden ihnen deutlich, und sie erschrecken, denn es ist finster geworden, und es tritt sie etwas Unbegreifliches an, aber es ist kein gespenstisches Grauen; es ist wie wenn einem ein geliebter Toter in der Dämmerung in der alten Art entgegenträte, so ist das Bild, mit dem einförmigen, bräunlichen Ton darüber, dem trüben stillen Abend. Dann ein anderes. Eine Frau sitzt in ihrer Kammer, das Gebetbuch in der Hand. Es ist sonntäglich aufgeputzt, der Sand gestreut, so heimlich rein und warm. Die Frau hat nicht zur Kirche gekonnt, und sie verrichtet die Andacht zu Haus, das Fenster ist offen, sie sitzt darnach hingewandt, und es ist als schwebten zu dem Fenster über die weite ebne Landschaft die Glockentöne von dem Dorfe herein und verhallet der Sang der nahen Gemeinde aus der Kirche her, und die Frau liest den Text nach. – In der Art sprach er weiter, man horchte auf, es traf Vieles, er war rot geworden über den Reden, und bald lächelnd, bald ernst, schüttelte er die blonden Locken. Er hatte sich ganz vergessen. Nach dem Essen nahm ihn Kaufmann bei Seite. Er hatte Briefe von Lenzens Vater erhalten, sein Sohn sollte zurück, ihn unterstützen. Kaufmann sagte ihm, wie er sein Leben hier verschleudre, unnütz verliere, er solle sich ein Ziel stecken und dergleichen mehr. Lenz fuhr ihn an: Hier weg, weg! nach Haus? Toll werden dort? Du weißt, ich kann es nirgends aushalten, als da herum, in der Gegend, wenn ich nicht manchmal auf einen Berg könnte und die Gegend sehen könnte; und dann wieder herunter in's Haus, durch den Garten gehn, und zum Fenster hineinsehen. Ich würde toll! toll! Laßt mich doch in Ruhe! Nur ein bißchen Ruhe, jetzt wo es mir ein wenig wohl wird! Weg? Ich verstehe das nicht, mit den zwei Worten ist die Welt verhunzt. Jeder hat was nötig; wenn er [ruhen] kann, was könnt' er mehr haben! Immer steigen, ringen und so in Ewigkeit Alles was der Augenblick gibt, wegwerfen und immer darben, um einmal zu genießen; dürsten, während einem helle Quellen über den Weg springen. Es ist mir jetzt erträglich, und da will ich bleiben; warum? warum? Eben weil es mir wohl ist; was will mein Vater? Kann er mir geben? Unmöglich! Laßt mich in Ruhe. Er wurde heftig, Kaufmann ging, Lenz war verstimmt.

Am folgenden Tag wollte Kaufmann weg, er beredete Oberlin mit ihm in die Schweiz zu gehen. Der Wunsch, Lavater, den er längst durch Briefe kannte, auch persönlich kennen zu lernen, bestimmte ihn. Er sagte es zu. Man mußte einen Tag länger wegen der Zurüstungen warten. Lenz fiel das auf's Herz, er hatte, um seiner unendlichen Qual los zu werden, sich ängstlich an Alles geklammert; er fühlte in einzelnen Augenblicken tief, wie er sich Alles nur zurecht mache; er ging mit sich um wie mit einem kranken Kinde, manche Gedanken, mächtige Gefühle wurde er nur mit der größten Angst los, da trieb es ihn wieder mit unendlicher Gewalt darauf, er zitterte, das Haar sträubte ihm fast, bis er es in der ungeheuersten Anspannung erschöpfte. Er rettete sich in eine Gestalt, die ihm immer vor Augen schwebte, und in Oberlin; seine Worte, sein Gesicht taten ihm unendlich wohl. So sah er mit Angst seiner Abreise entgegen.

Es war Lenzen unheimlich, jetzt allein im Hause zu bleiben. Das Wetter war milde geworden, er beschloß Oberlin zu begleiten, in's Gebirg. Auf der andern Seite, wo die Täler sich in die Ebne ausliefen, trennten sie sich. Er ging allein zurück. Er durchstrich das Gebirg in verschiedenen Richtungen, breite Flächen zogen sich in die Täler herab, wenig Wald, nichts als gewaltige Linien und weiter hinaus die weite rauchende Ebne, in der Luft ein gewaltiges Wehen, nirgends eine Spur von Menschen, als hie und da eine verlassene Hütte, wo die Hirten den Sommer zubrachten, an den Abhängen gelehnt. Er wurde still, vielleicht fast träumend, es verschmolz ihm Alles in eine Linie, wie eine steigende und sinkende Welle, zwischen Himmel und Erde, es war ihm als läge er an einem unendlichen Meer, das leise auf- und abwogte. Manchmal saß er, dann ging er wieder, aber langsam träumend. Er suchte keinen Weg. Es war finster Abend, als er an eine bewohnte Hütte kam, im Abhang nach dem Steintal. Die Türe war verschlossen, er ging an's Fenster, durch das ein Lichtschimmer fiel. Eine Lampe erhellte fast nur einen Punkt, ihr Licht fiel auf das bleiche Gesicht eines Mädchens, das mit halb geöffneten Augen, leise die Lippen bewegend, dahinter ruhte. Weiter weg im Dunkel saß ein altes Weib, das mit schnarrender Stimme aus einem Gesangbuch sang. Nach langem Klopfen öffnete sie; sie war halb taub, sie trug Lenz einiges Essen auf und wies ihm eine Schlafstelle an, wobei sie beständig ihr Lied fortsang. Das Mädchen hatte sich nicht gerührt. Einige Zeit darauf kam ein Mann herein, er war lang und hager, Spuren von grauen Haaren, mit unruhigem verwirrtem Gesicht. Er trat zum Mädchen, sie zuckte auf und wurde unruhig. Er nahm ein getrocknetes Kraut von der Wand, und legte ihr die Blätter auf die Hand, so daß sie ruhiger wurde und verständliche Worte in langsam ziehenden, durchschneidenden Tönen summte. Er erzählte, wie er eine Stimme im Gebirge gehört, und dann über den Tälern ein Wetterleuchten gesehen habe, auch habe es ihn angefaßt und er habe damit gerungen wie Jakob. Er warf sich nieder und betete leise mit Inbrunst, während die Kranke in einem langsam ziehenden, leise verhallenden Ton sang. Dann gab er sich zur Ruhe.

Lenz schlummerte träumend ein, und dann hörte er im Schlaf, wie die Uhr pickte. Durch das leise Singen des Mädchens und die Stimme der Alten zugleich tönte das Sausen des Windes bald näher, bald ferner, und der bald helle, bald verhüllte Mond, warf sein wechselndes Licht traumartig in die Stube. Einmal wurden die Töne lauter, das Mädchen redete deutlich und bestimmt, sie sagte, wie auf der Klippe gegenüber eine Kirche stehe. Lenz sah auf und sie saß mit weitgeöffneten Augen aufrecht hinter dem Tisch, und der Mond warf sein stilles Licht auf ihre Züge, von denen ein unheimlicher Glanz zu strahlen schien, zugleich schnarrte die Alte und über diesem Wechseln und Sinken des Lichts, den Tönen und Stimmen schlief endlich Lenz tief ein.

Er erwachte früh, in der dämmernden Stube schlief Alles, auch das Mädchen war ruhig geworden, sie lag zurückgelehnt, die Hände gefaltet unter der linken Wange; das Geisterhafte aus ihren Zügen war verschwunden, sie hatte jetzt einen Ausdruck unbeschreiblichen Leidens. Er trat an's Fenster und öffnete es, die kalte Morgenluft schlug ihm entgegen. Das Haus lag am Ende eines schmalen, tiefen Tales, das sich nach Osten öffnete, rote Strahlen schossen durch den grauen Morgenhimmel in das dämmernde Tal, das im weißen Rauch lag und funkelte[n] am grauen Gestein und trafen in die Fenster der Hütten. Der Mann erwachte, seine Augen trafen auf ein erleuchtet Bild an der Wand, sie richteten sich fest und starr darauf, nun fing er an die Lippen zu bewegen und betete leise, dann laut und immer lauter. Indem kamen Leute zur Hütte herein, sie warfen sich schweigend nieder. Das Mädchen lag in Zuckungen, die Alte schnarrte ihr Lied und plauderte mit den Nachbarn. Die Leute erzählten Lenzen, der Mann sei vor langer Zeit in die Gegend gekommen, man wisse nicht woher; er stehe im Rufe eines Heiligen, er sehe das Wasser unter der Erde und könne Geister beschwören, und man wallfahre zu ihm. Lenz erfuhr zugleich, daß er weiter vom Steintal abgekommen, er ging weg mit einigen Holzhauern, die in die Gegend gingen. Es tat ihm wohl, Gesellschaft zu finden; es war ihm jetzt unheimlich mit dem gewaltigen Menschen, von dem es ihm manchmal war, als rede er in entsetzlichen Tönen. Auch fürchtete er sich vor sich selbst in der Einsamkeit.

Er kam heim. Doch hatte die verflossene Nacht einen gewaltigen Eindruck auf ihn gemacht. Die Welt war ihm helle gewesen, und an sich ein Regen und Wimmeln nach einem Abgrund, zu dem ihn eine unerbittliche Gewalt hinriß. Er wühlte jetzt in sich. Er aß wenig; halbe Nächte im Gebet und fieberhaften Träumen. Ein gewaltsames Drängen, und dann erschöpft zurückgeschlagen; er lag in den heißesten Tränen, und dann bekam er plötzlich eine Stärke, und erhob sich kalt und gleichgültig, seine Tränen waren ihm dann wie Eis, er mußte lachen. Je höher er sich aufriß, desto tiefer stürzte er hinunter. Alles strömte wieder zusammen. Ahnungen von seinem alten Zustande durchzuckten ihn, und warfen Streiflichter in das wüste Chaos seines Geistes. Des Tags saß er gewöhnlich unten im Zimmer, Madame Oberlin ging ab und zu, er zeichnete, malte, las, griff nach jeder Zerstreuung, Alles hastig von einem zum andern. Doch schloß er sich jetzt besonders an Madame Oberlin an, wenn sie so da saß, das schwarze Gesangbuch vor sich, neben eine Pflanze, im Zimmer gezogen, das jüngste Kind zwischen den Knien; auch machte er sich viel mit dem Kinde zu tun. So saß er einmal, da wurde ihm ängstlich, er sprang auf, ging auf und ab. Die Türe halb offen, da hörte er die Magd singen, erst unverständlich, dann kamen die Worte

> Auf dieser Welt hab' ich kein' Freud',
> Ich hab' mein Schatz und der ist weit.

Das fiel auf ihn, er verging fast unter den Tönen. Madame Oberlin sah ihn an. Er faßte sich ein Herz, er konnte nicht mehr schweigen, er mußte davon sprechen. »Beste Madame Oberlin, können Sie mir nicht sagen, was das Frauenzimmer macht, dessen Schicksal mir so zentnerschwer auf dem Herzen liegt?« »Aber Herr Lenz, ich weiß von nichts.«

Er schwieg dann wieder und ging hastig im Zimmer auf und ab; dann fing er wieder an: Sehen Sie, ich will gehn; Gott, sie sind noch die einzigen Menschen, wo ich's aushalten könnte, und doch – doch, ich muß weg, zu *ihr* – aber ich kann nicht, ich darf nicht. – Er war heftig bewegt und ging hinaus.

Gegen Abend kam Lenz wieder, es dämmerte in der Stube; er setzte sich neben Madame Oberlin. Sehn Sie, fing er wieder an, wenn sie so durch's Zimmer ging, und so halb für sich allein sang, und jeder Tritt war eine Musik, es war so eine Glückseligkeit in ihr, und das strömte in mich über, ich war immer ruhig, wenn ich sie ansah, oder sie so den Kopf an mich lehnte, und Gott! Gott - Ich war schon lange nicht mehr ruhig ... Ganz Kind; es war, als war ihr die Welt zu weit, sie zog sich so in sich zurück, sie suchte das engste Plätzchen im ganzen Haus, und da saß sie, als wäre ihre ganze Seligkeit nur in einem kleinen Punkt, und dann war mir's auch so; wie ein Kind hätte ich dann spielen können. Jetzt ist es mir so eng, so eng, sehn Sie, es ist mir manchmal, als stieß' ich mit den Händen an den Himmel; o ich ersticke! Es ist mir dabei oft, als fühlt' ich physischen Schmerz, da in der linken Seite, im Arm, womit ich sie sonst faßte. Doch kann ich sie mir nicht mehr vorstellen, das Bild läuft mir fort, und dies martert mich, nur wenn es mir manchmal ganz hell wird, so ist mir wieder recht wohl. – Er sprach später noch oft mit Madame Oberlin davon, aber meist nur in abgebrochenen Sätzen; sie wußte wenig zu antworten, doch tat es ihm wohl.

Unterdessen ging es fort mit seinen religiösen Quälereien. Je leerer, je kälter, je sterbender er sich innerlich fühlte, desto mehr drängte es in ihn, eine Glut in sich zu wecken, es kamen ihm Erinnerungen an die Zeiten, wo Alles in ihm sich drängte, wo er unter all' seinen Empfindungen keuchte; und jetzt so tot. Er verzweifelte an sich selbst, dann warf er sich nieder, er rang die Hände, er rührte Alles in sich auf; aber tot! tot! Dann flehete er, Gott möge ein Zeichen an ihm tun, dann wühlte er in sich, fastete, lag träumend am Boden. Am dritten Hornung hörte er, ein Kind in Fouday sei gestorben, er faßte es auf, wie eine fixe Idee. Er zog sich in sein Zimmer und fastete einen Tag. Am vierten trat er plötzlich in's Zimmer zu Madame Oberlin, er hatte sich das Gesicht mit Asche beschmiert, und forderte einen alten Sack; sie erschrak, man gab ihm, was er verlangte. Er wickelte den Sack um sich, wie ein Büßender, und schlug den Weg nach Fouday ein. Die Leute im Tale waren ihn schon gewohnt; man erzählte sich allerlei Seltsames von ihm. Er kam in's Haus, wo das Kind lag. Die Leute gingen gleichgültig ihrem Geschäfte nach; man wies ihm eine Kammer, das Kind lag im Hemde auf Stroh, auf einem Holztisch.

Lenz schauderte, wie er die kalten Glieder berührte und die halbgeöffneten gläsernen Augen sah. Das Kind kam ihm so verlassen vor, und er sich so allein und einsam; er warf sich über die Leiche nieder; der Tod erschreckte ihn, ein heftiger Schmerz faßte ihn an, diese Züge, dieses stille Gesicht sollte verwesen, er warf sich nieder, er betete mit allem Jammer der Verzweiflung, daß Gott ein Zeichen an ihm tue, und das Kind beleben möge, wie er schwach und unglücklich sei; dann sank er ganz in sich und wühlte all seinen Willen auf einen Punkt, so saß er lange starr. Dann erhob er sich und faßte die Hände des Kindes und sprach laut und fest: Stehe auf und wandle! Aber die Wände hallten ihm nüchtern den Ton nach, daß es zu spotten schien, und die Leiche blieb kalt. Da stürzte er halb wahnsinnig nieder, dann jagte es ihn auf, hinaus in's Gebirg. Wolken zogen rasch über den Mond; bald Alles im Finstern, bald zeigten sie die nebelhaft verschwindende Landschaft im Mondschein. Er rannte auf und ab. In seiner Brust war ein Triumph-Gesang der Hölle. Der Wind klang wie ein Titanenlied, es war ihm, als könne er eine ungeheure Faust hinauf in den Himmel ballen und Gott herbei reißen und zwischen seinen Wolken schleifen; als könnte er die Welt mit den Zähnen zermalmen und sie dem Schöpfer in's Gesicht speien; er schwur, er lästerte. So kam er auf die Höhe des Gebirges, und das ungewisse Licht dehnte sich hinunter, wo die weißen Steinmassen, und der Himmel war ein dummes blaues Aug, und der Mond stand ganz lächerlich drin, einfältig. Lenz mußte laut lachen, und mit dem Lachen griff der Atheismus in ihn und faßte ihn ganz sicher und ruhig und fest. Er wußte nicht mehr, was ihn vorhin so bewegt hatte, es fror ihn, er dachte, er wolle jetzt zu Bette gehn, und er ging kalt und unerschütterlich durch das unheimliche Dunkel – es war ihm Alles leer und hohl, er mußte laufen und ging zu Bette.

Am folgenden Tag befiel ihn ein großes Grauen vor seinem gestrigen Zustande, er stand nun am Abgrund, wo eine wahnsinnige Lust ihn trieb, immer wieder hineinzuschauen, und sich diese Qual zu wiederholen. Dann steigerte sich seine Angst, die Sünde und der heilige Geist stand vor ihm.

Einige Tage darauf kam Oberlin aus der Schweiz zurück, viel früher als man es erwartet hatte. Lenz war darüber betroffen. Doch wurde er heiter, als Oberlin ihm von seinen Freunden in Elsaß erzählte. Oberlin ging dabei im Zimmer hin und her, und packte aus, legte hin. Dabei erzählte er von Pfeffel, das Leben eines Landgeistlichen glücklich preisend. Dabei ermahnte er ihn, sich in den Wunsch seines Vaters zu fügen, seinem Berufe gemäß zu leben, heimzukehren. Er sagte ihm: Ehre Vater und Mutter u.dgl.m. Über dem Gespräch geriet Lenz in heftige Unruhe; er stieß tiefe Seufzer aus, Tränen drangen ihm aus den Augen, er sprach abgebrochen. Ja, ich halt' es aber nicht aus; wollen Sie mich verstoßen? Nur in Ihnen ist der Weg zu Gott. Doch mit mir ist's aus! Ich bin abgefallen, verdammt in Ewigkeit, ich bin der ewige Jude. Oberlin sagte ihm, dafür sei Jesus gestorben, er möge sich brünstig an ihn wenden, und er würde Teil haben an seiner Gnade.

Lenz erhob das Haupt, rang die Hände, und sagte: Ach! ach! göttlicher Trost. Dann frug er plötzlich freundlich, was das Frauenzimmer mache. Oberlin sagte, er wisse von nichts, er wolle ihm aber in Allem helfen und raten, er müsse ihm aber Ort, Umstände und Person angeben. Er antwortete nichts, wie gebrochne Worte: ach sie ist tot! Lebt sie noch? du Engel, sie liebte mich – ich liebte sie, sie war's würdig, o du Engel. Verfluchte Eifersucht, ich habe sie aufgeopfert - sie liebte noch einen andern – ich liebte sie, sie war's würdig – o gute Mutter, auch die liebte mich. Ich bin ein Mörder. Oberlin versetzte: vielleicht lebten alle diese Personen noch, vielleicht vergnügt; es möge sein, wie es wolle, so könne und werde Gott, wenn er sich zu ihm bekehrt haben würde, diesen Personen auf sein Gebet und Tränen soviel Gutes erweisen, daß der Nutzen, den sie alsdann von ihm hätten, den Schaden, den er ihnen zugefügt, vielleicht weit überwiegen würde. Er wurde darauf nach und nach ruhiger und ging wieder an sein Malen.

Den Nachmittag kam er wieder, auf der linken Schulter hatte er ein Stück Pelz und in der Hand ein Bündel Gerten, die man Oberlin nebst einem Briefe für Lenz mitgegeben hatte. Er reichte Oberlin die Gerten mit dem Begehren, er sollte ihn damit schlagen. Oberlin nahm die Gerten aus seiner Hand, drückte ihm einige Küsse auf den Mund und sagte: dies wären die Streiche, die er ihm zu geben hätte, er möchte ruhig sein, seine Sache mit Gott allein ausmachen, alle möglichen Schläge würden keine einzige seiner Sünden tilgen; dafür hätte Jesus gesorgt, zu dem möchte er sich wenden. Er ging.

Beim Nachtessen war er wie gewöhnlich etwas tiefsinnig. Doch sprach er von allerlei, aber mit ängstlicher Hast. Um Mitternacht wurde Oberlin durch ein Geräusch geweckt. Lenz rannte durch den Hof, rief mit hohler, harter Stimme den Namen Friederike mit äußerster Schnelle, Verwirrung und Verzweiflung ausgesprochen, er stürzte sich dann in den Brunnentrog, patschte darin, wieder heraus und herauf in sein Zimmer, wieder herunter in den Trog, und so einigemal, endlich wurde er still. Die Mägde, die in der Kinderstube unter ihm schliefen, sagten, sie hätten oft, insonderheit aber in selbiger Nacht, ein Brummen gehört, das sie mit nichts als mit dem Tone einer Haberpfeife zu vergleichen wußten. Vielleicht war es sein Winseln, mit hohler, fürchterlicher, verzweifelnder Stimme.

Am folgenden Morgen kam Lenz lange nicht. Endlich ging Oberlin hinauf in sein Zimmer, er lag im Bett ruhig und unbeweglich. Oberlin mußte lange fragen, ehe er Antwort bekam; endlich sagte er: Ja Herr Pfarrer, sehen Sie, die Langeweile! die Langeweile! o! so langweilig, ich weiß gar nicht mehr, was ich sagen soll, ich habe schon alle Figuren an die Wand gezeichnet. Oberlin sagte ihm, er möge sich zu Gott wenden; da lachte er und sagte: ja wenn ich so glücklich wäre, wie Sie, einen so behaglichen Zeitvertreib aufzufinden, ja man könnte sich die Zeit schon so ausfüllen. Alles aus Müßiggang. Denn die Meisten beten aus Langeweile; die Andern verlieben sich aus Langeweile, die Dritten sind tugendhaft, die Vierten lasterhaft und ich gar nichts, gar nichts, ich mag mich nicht einmal umbringen: es ist zu langweilig:

O Gott in Deines Lichtes Welle,
In Deines glüh'nden Mittags Zelle
Sind meine Augen wund gewacht,
Wird es denn niemals wieder Nacht?

Oberlin blickte ihn unwillig an und wollte gehen. Lenz huschte ihm nach und indem er ihn mit unheimlichen Augen ansah: sehn Sie, jetzt kommt mir doch was ein, wenn ich nur unterscheiden könnte, ob ich träume oder wache: sehn Sie, das ist sehr richtig, wir wollen es untersuchen; er huschte dann wieder ins Bett. Den Nachmittag wollte Oberlin in der Nähe einen Besuch machen; seine Frau war schon fort; er war im Begriff, wegzugehen, als es an seine Tür klopfte und Lenz hereintrat mit vorwärtsgebogenem Leib, niederwärts hängendem Haupt, das Gesicht über und über und das Kleid hie und da mit Asche bestreut, mit der rechten Hand den linken Arm haltend. Er bat Oberlin, ihm den Arm zu ziehen, er hätte ihn verrenkt, er hätte sich zum Fenster heruntergestürzt, weil es aber Niemand gesehen, wollte er es auch Niemand sagen. Oberlin erschrak heftig, doch sagte er nichts, er tat was Lenz begehrte, zugleich schrieb er an den Schulmeister in Bellefosse, er möge herunterkommen und gab ihm Instruktionen. Dann ritt er weg. Der Mann kam. Lenz hatte ihn schon oft gesehen und hatte sich an ihn attachiert. Er tat als hätte er mit Oberlin etwas reden wollen, wollte dann wieder weg. Lenz bat ihn, zu bleiben und so blieben sie beisammen. Lenz schlug noch einen Spaziergang nach Fouday vor. Er besuchte das Grab des Kindes, das er hatte erwecken wollen, kniete zu verschiedenen Malen nieder, küßte die Erde des Grabes, schien betend, doch mit großer Verwirrung, riß Etwas von der auf dem Grab stehenden Blume ab, als ein Andenken, ging wieder zurück nach Waldbach, kehrte wieder um und Sebastian mit. Bald ging er langsam und klagte über große Schwäche in den Gliedern, dann ging er mit verzweifelnder Schnelligkeit, die Landschaft beängstigte ihn, sie war so eng, daß er an Alles zu stoßen fürchtete. Ein unbeschreibliches Gefühl des Mißbehagens befiel ihn, sein Begleiter ward ihm endlich lästig, auch mochte er seine Absicht erraten und suchte Mittel ihn zu entfernen. Sebastian schien ihm nachzugeben, fand aber heimlich Mittel, seine Brüder von der Gefahr zu benachrichtigen, und nun hatte Lenz zwei Aufseher statt einen. Er zog sie weiter herum, endlich ging er nach Waldbach zurück und da sie nahe an dem Dorfe waren, kehrte er wie ein Blitz wieder um und sprang wie ein Hirsch gen Fouday zurück. Die Männer setzten ihm nach. Indem sie ihn in Fouday suchten, kamen zwei Krämer und erzählten ihnen, man hätte in einem Hause einen Fremden gebunden, der sich für einen Mörder ausgäbe, aber gewiß kein Mörder sein könne. Sie liefen in dies Haus und fanden es so. Ein junger Mensch hatte ihn auf sein ungestümes Dringen in der Angst gebunden. Sie banden ihn los und brachten ihn glücklich nach Waldbach, wohin Oberlin indessen mit seiner Frau zurückgekommen war. Er sah verwirrt aus, da er aber merkte, daß er liebreich und freundlich empfangen wurde, bekam er wieder Mut, sein Gesicht veränderte sich vorteilhaft, er dankte seinen beiden Begleitern freundlich und zärtlich und der Abend ging ruhig herum. Oberlin bat ihn inständig, nicht mehr zu baden, die Nacht ruhig im Bette zu bleiben und wenn er nicht schlafen könne, sich mit Gott zu unterhalten. Er versprachs und tat es so die folgende Nacht, die Mägde hörten ihn fast die ganze Nacht hindurch beten. – Den folgenden Morgen kam er mit vergnügter Miene auf Oberlins Zimmer. Nachdem sie Verschiedenes gesprochen hatten, sagte er mit ausnehmender Freundlichkeit: Liebster Herr Pfarrer, das Frauenzimmer, wovon ich Ihnen sagte, ist gestorben, ja gestorben, der Engel. Woher wissen Sie das? – Hieroglyphen, Hieroglyphen – und dann zum Himmel geschaut und wieder: ja gestorben – Hieroglyphen. Es war dann nichts weiter aus ihm zu bringen. Er setzte sich und schrieb einige Briefe, gab sie sodann Oberlin mit der Bitte, einige Zeilen dazu zu setzen.

Sein Zustand war indessen immer trostloser geworden, alles was er an Ruhe aus der Nähe Oberlins und aus der Stille des Tals geschöpft hatte, war weg; die Welt, die er hatte nutzen wollen, hatte einen ungeheuern Riß, er hatte keinen Haß, keine Liebe, keine Hoffnung, eine schreckliche Leere und doch eine folternde Unruhe, sie auszufüllen. Er hatte *Nichts.* Was er tat, tat er mit Bewußtsein und doch zwang ihn ein innerlicher Instinkt. Wenn er allein war, war es ihm so entsetzlich einsam, daß er beständig laut mit sich redete, rief, und dann erschrak er wieder und es war ihm, als hätte eine fremde Stimme mit ihm gesprochen. Im Gespräch stockte er oft, eine unbeschreibliche Angst befiel ihn, er hatte das Ende seines Satzes verloren; dann meinte er, er müsse das zuletzt gesprochene Wort behalten und immer sprechen, nur mit großer Anstrengung unterdrückte er diese Gelüste. Es bekümmerte die guten Leute tief, wenn er manchmal in ruhigen Augenblicken bei ihnen saß und unbefangen sprach und er dann stockte und eine unaussprechliche Angst sich in seinen Zügen malte, er die Personen, die ihm zunächst saßen krampfhaft am Arm faßte und erst nach und nach wieder zu sich kam. War er allein, oder las er, war's noch ärger, all' seine geistige Tätigkeit blieb manchmal in einem Gedanken hängen; dachte er an eine fremde Person, oder stellte er sie sich lebhaft vor, so war es ihm, als würde er sie selbst, er verwirrte sich ganz und dabei hatte er einen unendlichen Trieb, mit Allem um ihn im Geist willkürlich umzugehen; die Natur, Menschen, nur Oberlin ausgenommen, Alles traumartig, kalt; er amüsierte sich, die Häuser auf die Dächer zu stellen, die Menschen an und auszukleiden, die wahnwitzigsten Possen auszusinnen. Manchmal fühlte er einen unwiderstehlichen Drang, das Ding auszuführen, und dann schnitt er entsetzliche Fratzen. Einst saß er neben Oberlin, die Katze lag gegenüber auf einem Stuhl, plötzlich wurden seine Augen starr, er hielt sie unverrückt auf das Tier gerichtet, dann glitt er langsam den Stuhl herunter, die Katze ebenfalls, sie war wie bezaubert von seinem Blick, sie geriet in ungeheure Angst, sie sträubte sich scheu, Lenz mit den nämlichen Tönen, mit fürchterlich entstelltem Gesicht, wie in Verzweiflung stürzten Beide auf einander los, da endlich erhob sich Madame Oberlin, um sie zu trennen. Dann war er wieder tief beschämt. Die Zufälle des Nachts steigerten sich auf's Schrecklichste. Nur mit der größten Mühe schlief er ein, während er zuvor die noch schreckliche Leere zu füllen versucht hatte. Dann geriet er zwischen Schlaf und Wachen in einen entsetzlichen Zustand; er stieß an etwas Grauenhaftes, Entsetzliches, der Wahnsinn packte ihn, er fuhr mit fürchterlichem Schreien, in Schweiß gebadet, auf, und erst nach und nach fand er sich wieder. Er mußte dann mit den einfachsten Dingen anfangen, um wieder zu sich zu kommen. Eigentlich nicht er selbst tat es, sondern ein mächtiger Erhaltungstrieb, es war als sei er doppelt und der eine Teil suchte den andern zu retten, und rief sich selbst zu; er erzählte, er sagte in der heftigsten Angst Gedichte her, bis er wieder zu sich kam.

Auch bei Tage bekam er diese Zufälle, sie waren dann noch schrecklicher; denn sonst hatte ihn die Helle davor bewahrt. Es war ihm dann, als existiere er allein, als bestünde die Welt nur in seiner Einbildung, als sei nichts, als er, er sei das ewig Verdammte, der Satan; allein mit seinen folternden Vorstellungen. Er jagte mit rasender Schnelligkeit sein Leben durch und dann sagte er: konsequent, konsequent; wenn Jemand was sprach: inkonsequent, inkonsequent; es war die Kluft unrettbaren Wahnsinns, eines Wahnsinns durch die Ewigkeit. Der Trieb der geistigen Erhaltung jagte ihn auf; er stürzte sich in Oberlins Arme, er klammerte sich an ihn, als wolle er sich in ihm drängen, er war das einzige Wesen, das für ihn lebte und durch den ihm wieder das Leben offenbart wurde. Allmählig brachten ihn Oberlins Worte denn zu sich, er lag auf den Knien vor Oberlin, seine Hände in den Händen Oberlins, sein mit kaltem Schweiß bedecktes Gesicht auf dessen Schoß, am ganzen Leibe bebend und zitternd. Oberlin empfand unendliches Mitleid, die Familie lag auf den Knien und betete für den Unglücklichen, die Mägde flohen und hielten ihn für einen Besessenen. Und wenn er ruhiger wurde, war es wie der Jammer eines Kindes, er schluchzte, er empfand ein tiefes, tiefes Mitleid mit sich selbst; das waren auch seine seligsten Augenblicke. Oberlin sprach ihm von Gott. Lenz wand sich ruhig los und sah ihn mit einem Ausdruck unendlichen Leidens an, und sagte endlich: aber ich, wär' ich allmächtig, sehen Sie, wenn ich so wäre, und ich könnte das Leiden nicht ertragen, ich würde retten, retten, ich will ja nichts als Ruhe, Ruhe, nur ein wenig Ruhe und schlafen können. Oberlin sagte, dies sei eine Profanation. Lenz schüttelte trostlos mit dem Kopfe. Die halben Versuche zum Entleiben, die er indes fortwährend machte, waren nicht ganz Ernst, es war weniger der Wunsch des Todes, für ihn war ja keine Ruhe und Hoffnung im Tod; es war mehr in Augenblicken der fürchterlichsten Angst oder der dumpfen an's Nichtsein grenzenden Ruhe ein Versuch, sich zu sich selbst zu bringen durch physischen Schmerz. Augenblicke, wenn sein Geist sonst auf irgend einer wahnwitzigen Idee zu reiten schien, waren noch die glücklichsten. Es war doch ein wenig Ruhe und sein wirrer Blick war nicht so entsetzlich, als die nach Rettung dürstende Angst, die ewige Qual der Unruhe! Oft schlug er sich den Kopf an die Wand, oder versetzte sich sonst einen heftigen physischen Schmerz.

Den 8. Morgens blieb er im Bette, Oberlin ging hinauf; er lag fast nackt auf dem Bette und war heftig. Oberlin wollte ihn zudecken, er klagte aber sehr, wie schwer Alles sei, so schwer, er glaube gar nicht, daß er gehen könne, jetzt endlich empfände er die ungeheure Schwere der Luft. Oberlin sprach ihm Mut zu. Er blieb aber in seiner frühern Lage und blieb den größten Teil des Tages so, auch nahm er keine Nahrung zu sich. Gegen Abend wurde Oberlin zu einem Kranken nach Bellefosse gerufen. Es war gelindes Wetter und Mondschein. Auf dem Rückweg begegnete ihm Lenz. Er schien ganz vernünftig und sprach ruhig und freundlich mit Oberlin. Der bat ihn, nicht [zu weit] zu gehen, er versprachs; im Weggehen wandte er sich plötzlich um und trat wieder ganz nah zu Oberlin und sagte rasch: sehn Sie, Herr Pfarrer, wenn ich das nur nicht mehr hören müßte mir wäre geholfen. »Was denn, mein Lieber?« Hören Sie denn nichts, hören Sie denn nicht die entsetzliche Stimme, die um den ganzen Horizont schreit, und die man gewöhnlich die Stille heißt, seit ich in dem stillen Tal bin, hör' ich's immer, es läßt mich nicht schlafen, ja Herr Pfarrer, wenn ich wieder einmal schlafen könnte. Er ging dann kopfschüttelnd weiter. Oberlin ging zurück nach Waldbach und wollte ihm Jemand nachschicken, als er ihn die Stiege herauf in sein Zimmer gehen hörte. Einen Augenblick darauf platzte etwas im Hof mit so starkem Schall, daß es Oberlin unmöglich von dem Falle eines Menschen herkommen zu können schien. Die Kindsmagd kam todblaß und ganz zitternd.

Er saß mit kalter Resignation im Wagen, wie sie das Tal hervor nach Westen fuhren. Es war ihm einerlei, wohin man ihn führte; mehrmals wo der Wagen bei dem schlechten Wege in Gefahr geriet, blieb er ganz ruhig sitzen; er war vollkommen gleichgültig. In diesem Zustand legte er den Weg durch's Gebirg zurück. Gegen Abend waren sie im Rheintale. Sie entfernten sich allmählig vom Gebirg, das nun wie eine tiefblaue Krystallwelle sich in das Abendrot hob, und auf deren warmer Flut die roten Strahlen des Abend[s] spielten; über die Ebene hin am Flusse des Gebirges lag ein schimmerndes bläuliches Gespinst. Es wurde finster, jemehr sie sich Straßburg näherten; hoher Vollmond, alle fernen Gegenstände dunkel, nur der Berg neben bildete eine scharfe Linie, die Erde war wie ein goldner Pokal, über den schäumend die Goldwellen des Monds liefen. Lenz starrte ruhig hinaus, keine Ahnung, kein Drang; nur wuchs eine dumpfe Angst in ihm, je mehr die Gegenstände sich in der Finsternis verloren. Sie mußten einkehren; da machte er wieder mehre Versuche, Hand an sich zu legen, war aber zu scharf bewacht. Am folgenden Morgen bei trübem regnerischem Wetter traf er in Straßburg ein. Er schien ganz vernünftig, sprach mit den Leuten; er tat Alles wie es die Andern taten, es war aber eine entsetzliche Leere in ihm, er fühlte keine Angst mehr, kein Verlangen; sein Dasein war ihm eine notwendige Last. – So lebte er hin.